HOJE

ESTE SÍMBOLO SIGNIFICA COPYRIGHT E QUER DIZER O DIREITO QUE ALGUÉM TEM SOBRE ALGUMA COISA.

A EVA, QUE É A ESCRITORA E A ILUSTRADORA, TEM O DIREITO SOBRE O TEXTO E AS IMAGENS.

A JUJUBA TEM O DIREITO DE PUBLICAR O LIVRO.

É QUEM ESCREVE E FAZ OS DESENHOS DO LIVRO.

Autora e ilustradora: Eva Montanari

É QUEM CONVIDA O AUTOR E O ILUSTRADOR PARA FAZER O LIVRO.

Editora: Daniela Padilha

É QUEM AJUDA A CONSTRUIR O LIVRO.

Assistente editorial: Rita Fittipaldi

Tradutor: Peter O'Sagae

É QUEM FAZ A VERSÃO DE UMA LÍNGUA PARA A OUTRA. ESTE LIVRO FOI ESCRITO ORIGINALMENTE EM ITALIANO.

Revisora: Carmen Costa

A REVISORA CORRIGE AS PALAVRAS DO TEXTO.

Projeto gráfico: Raquel Matsushita

É QUEM COLOCA TUDO NO COMPUTADOR E FAZ O LIVRO.

Diagramação: Cecilia Cangello | Entrelinha Design

É QUEM AJUDA A MONTAR O LIVRO NO COMPUTADOR.

FICHA CATALOGRÁFICA

M764h

Montanari, Eva

Hoje / Eva Montanari ; tradução [de] Peter O'Sagae. - São Paulo : Jujuba, 2014.

32 p. Escrito e ilustrado por Eva Montanari

ISBN 978-85-61695-55-2

1. Literatura. 2. Literatura – Infantojuvenil. 3. Histórias – Infantojuvenis. I. O'Sagae, Peter, trad. II. Título.

CDD 808.89282

ISTO É A FICHA CATALOGRÁFICA. SUA FUNÇÃO É CONTER AS INFORMAÇÕES NECESSÁRIAS PARA UM LIVRO SER LOCALIZADO. OS BIBLIOTECÁRIOS, POR EXEMPLO, A UTILIZAM MUITO EM SEU TRABALHO PARA ORGANIZAR OS LIVROS.

ISBN É UM SISTEMA INTERNACIONAL QUE IDENTIFICA O LIVRO DE FORMA NUMÉRICA, COMO O NOSSO RG.

1ª edição • São Paulo • 2014

4ª reimpressão • São Paulo • 2022

Texto em conformidade com as novas normas da ortografia.

JUJUBA EDITORA

Rua São Columba, 2 São Paulo / SP Brasil 03276-110

www.jujubaeditora.com.br | jujuba@jujubaeditora.com.br

HOJE

EVA MONTANARI

JUJUBA

TRADUÇÃO DE PETER O'SAGAE

HOJE...

NIKI AMANHECEU ABORRECIDA

CRISTINA, TRISTE

ALICE, INQUIETA

ANTÔNIO, COM DOR DE CABEÇA

E ANA, COÇANDO AS COSTAS TERRIVELMENTE!

HOJE...

É MAIS UM DIA

EVA MONTANARI

Eva Montanari é escritora e ilustradora italiana e mora em Rimini, na Itália. Quando ainda era estudante, começou a escrever e a ilustrar livros para crianças, já traduzidos para vários países, como Portugal, Coreia, Argentina, Finlândia e outros.
Hoje foi o primeiro livro da autora feito especialmente para o Brasil. Eva acredita que todos os dias podem ser diferentes, basta termos tempo para olhar com cuidado.

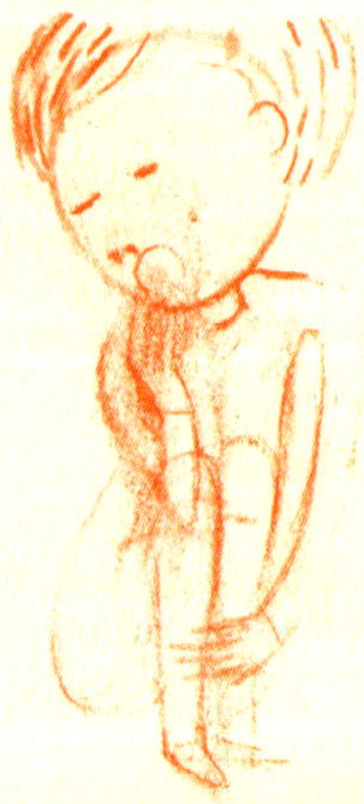

O livro *Hoje* foi composto no estúdio Entrelinha Design, com as tipografias Whitney e Buchy, impresso em papel offset 150g.